陈苍正 著

岁月情

陕西新华出版
陕西人民出版社

图书在版编目（CIP）数据

岁月情 / 陈苍正著. - - 西安 : 陕西人民出版社, 2023.10
ISBN 978-7-224-15111-4

Ⅰ.①岁… Ⅱ.①陈… Ⅲ.①诗集—中国—当代 Ⅳ.①I227

中国国家版本馆CIP数据核字(2023)第185791号

岁 月 情
SUIYUE QING

作　　者	陈苍正
出版发行	陕西人民出版社
	（西安市北大街147号　邮编：710003）
印　　刷	西安永固印务有限责任公司
开　　本	880毫米×1230毫米　1/32
印　　张	11.25
字　　数	125千字
版　　次	2023年10月第1版
印　　次	2023年10月第1次印刷
书　　号	ISBN 978-7-224-15111-4
定　　价	60.00元

陈苍正，1959年出生，陕西长安人。陕西省诗词学会会员，陕西省柳青文学研究会会员，长安作家协会理事。早年走出校门，当过农民，后来从事实业经济30余年。业余喜好读书写作，尤喜诗歌创作。诗风质朴，意象丰沛。热忱讴歌现实生活，放情山水自然，字里行间饱含家国情怀。出版诗集《陈苍正诗文选》《仓台新韵》《秦岭情》三部。

自 序

读诗是生活的大美，许多作品都会触动内心深处，或阳光普照，或如沐春风，屏气凝神中唤醒对诗歌创作的灵感和热情。人与人生命的交集，人与神共鸣的有限和无限、短暂与永恒的交流，令我深陷其中，沉浸其中。写作诗歌，让我认识了社会的纷繁变化，使我深深感觉潜移默化中向艺术殿堂高处跋涉的艰辛和充实，包括与读者朋友的互通激励，就是诗歌自身的魅力带给作者和读者共同品味的美好机缘。

也许现在很多人觉得，除了上学时背诵一些诗歌以外，其他时候自己已经与诗分道扬镳，既不会主动去欣赏它，更不会从事写诗这个行当，因为在资讯时代，诗歌这种形式比起手机不断喷涌的短视频、直播要复杂抽象得多，审美不易，创作更费劲。还有就是缺乏同时空感情的共鸣。那些不断闪现在你面前、看透你内心的影像都是投入动辄上亿的大数据算法为你量身定制的，它一定更容易让你眼亮悦目，一握手机爱不释手、流连忘返，奈何看了这些纷繁驳杂的内容，除了时间伴随屏幕流逝以及那点观赏的快感，只能使神经元微微抖动，甚至只能表示我还活着，活得很开心。不经意间，已逐渐被这些投其所好的海量资讯埋葬。

来重温诗歌吧，诗歌可以将你带入不一样的天地，带来不一样的呼唤、不一样的心灵撞击，而恰恰是这些，能让人体会到生命的绿肥红瘦、世道的冷暖、生命的启迪，才能让自己变得与众不同。

还记得上小学时，每次翻开语文课本，最可怕的一句就是：朗读及背诵全诗，那基本上是当天的一道坎。不过等到了中学，有大量的古文要背诵时，第一次发现了诗歌的美好，它朗朗上口、有迹可循，背它比背诵古文简单多了。到了那时，背诵诗歌已经是小菜一碟，而深度地理解那些诗词内容变成了另一道坎，这恐怕就是哲学里讲的，当主要矛盾解决了，次要矛盾又上升为主要矛盾，诗在不知不觉中把人带入宏阔而又精湛的艺术天地，让青春在日常生活中放出奇异的光泽。

如今再看诗歌，它对于读者是一条通往神秘远方的通道，让你通过深邃的眼眸看到世界卓然不同的一面，它把你想说却不可描述的感受表达得淋漓酣畅而又意犹未尽。只要用心去体会，你与它一定能在生活的各个角落产生共鸣，达成无可名状的默契。

比如旅游，未曾写诗的当年，觉得祖国山河虽好，但到哪儿都是缺少内涵的商业化泛滥，每去一处风景，再无兴致游览。后来想到中国第一位资深驴友谢灵运，他可以说无论读书还是当官，都在利用闲暇时间随性而至，绕过众人都知的景点，专挑小众路线，以至于他写的山水小品，很多都让人陌生。其中读过一首《游南亭》："时竟夕澄霁，云归日西驰。密林含馀清，远峰隐半规。"仅这开头一句，我已经觉得这样的景色值得一观，于是赶紧查阅资料，看看到底这个南亭在哪里，原来是现在温州永嘉的一个湖中亭，这样的景致如果没有这首诗的指引，恐怕此生无缘。古今无数诗歌寄情于景，这岂不是最好的旅游攻略，况且对每一个留心赏景的游客都会大有裨益。

再读一首姚广孝的《且停寺》，才品味到人生落寞，时光荏苒，蓦然回首，风华老去的伤感，正如诗中所写："老年落魄犹非昔，破帽遮头谁识得。不问水郭与山村，杖藜到处寻陈迹。"完整表达出了诗人在五十来岁还是一无所成，浪迹江湖，挂方寺院的单影悲凉，如果心中无争夺之意，也就罢了，不过颠簸一生，横竖也是度日，再有佛法加持，当一天和尚，撞一天钟，姚广孝也会舒服惬意地老去。怎奈胸中有猛虎，虽然剃发落单，却也遮挡不住内心的躁动，诸神护佑，也愿助他成就一番事业，终在晚年达念所想。

现实中往往有说不出的局促窘迫，酒局上遇到朋友抱怨吐槽，声嘶力竭地控诉，如今商业环境低迷，自己日夜奔波，拼尽全力，却是竹篮打水一场空，而且还欠银行一篮子钱。面对这样的倾诉，我也无心反驳，他已经千疮百孔，何必再去伤口撒盐徒增伤感，我只能安慰道，放下眼前困难，诗文可以疗伤，择一首朱熹老夫子的诗，耐人寻味，供其参考："昨夜江边春水生，艨艟巨舰一毛轻。向来枉费推移力，此日中流自在行。"朱熹老夫子的思想体系，哲学意味厚重，这首诗讲了当下无数创业者应当理解的一个道理，那就是顺势而为。说古代冷兵器时代水战时，艨艟就相当于巡洋舰的级别，大型舰艇蒙上生牛皮，可防御弓箭攻击，下面船舱外还有无数的射击孔，可以对外进行攻击，正所谓攻守兼备。像这样的大船等到春天汛期来的时候，水位上升，它就变得像羽毛一样得轻，哪里还需要众人去用力推划，它自然就能行走于水上，如果这时候发动水军必然是最好时机。这是说赶上合适的季节，那反之呢，非要在秋尾冬初，水浅难行时出战，必然是自取其辱。大名鼎鼎的三国赤壁之战，是在7月打响，南宋韩世忠的黄天荡之战是在3月发生的，而朱元璋与陈友谅大战鄱阳湖是在8月，这就是顺势，顺势者昌，逆势者徒然努力也无功，这即是天道。诗歌带给我们如此的馈赠，岂容浪费。

　　任你学习易经八卦，任你周末潜心深造，皆不如读诗来得简单，学得惬意，倘若能够将每个诗人的所感所思融会贯通，就可以得到许多生活启示，也给你一个开阔无尽的理想空间。

　　读诗是一种特殊的审美和享受，写诗则是一种痛苦的历练、精神的高蹈。绵绵的诗意不仅是流动的文思，更是以思造意、以情赋象、以理化人，是富有价值的艺术创造。透过节律显像层次，从深处缕析推演，在天际悠游盘旋，在大地挥汗开掘，从而形成一首一阕的生动美感，探寻捕捉形象、幻化意象、取得象征的独具个性的写作之道。一词一意的写作过程，是精神的升华、情感的丰润、现实的启迪。数十年阅读的偏爱，数年的谦卑学习、热情探索，描绘时代的兴盛演进及人们奋发前行的风采。求的是使得我们所处的时代更加美好、生活更加富庶，乃至自然与个体生命达到漫漫长河通向天际的大美之境！

目 录

拂晓霞光醒春晨

扬帆	002
雨润	003
初春	004
曲韵	005
玉兰	006
和煦	007
述槐	008
春萌	009
年光	010
心和	011
商场	012
和域	013
风筝	014
力行	015
冰山	016
花域	017

春来	018
沙尘	020
海边	021
茶园	022
情侣	023
芬芳	024
闲游	025
春分醒	026
时局	027
女神	028
柳韵	029
商业	030
互动	031
朗情	032
理性	033
樱花	034
岂迷茫	035
清明念	036
渴望	037
逆境	039
弄春	040
美情	041
怀念	042

阡路	043
仲春	044
新潮	045
恋人	047
循环	048

境界自然籁音听

润色	050
自律	051
外卖	052
山坳	053
青山	054
品茗	055
柿树	056
拾光	058
春行	059
入学	060
变化	062
诗书缘	063
珍惜	064
购房	065
理念	066

春闹	067
清思——念乡友	068
曲江念	069
谷雨	070
留恋	071
一季花香	073
中年	074
现实	075
犯困	076
天涯路	077
劳动节	079
心悠	080
爱情	081
秦直道	082
城中村	083
小满	084
如约的翅膀——乡友旅游	085
龙头山	088
装台	089
新婚	090
浪漫的心	091
怜悯	093
清幽	094

田光	095
漫游	096
意念力	097
窗外	098

异域放歌心中求

远卓	100
山缘	101
岁月情	102
兴庆宫	103
荷域	104
章法	105
文源	106
意趣	107
湿热	108
随缘	109
匆匆	110
农情	112
养老	113
随意	114
"烟花"台风	115
小区	116

知醒	117
灾情	118
知否	119
奥运会	120
域端	121
天然风华	122
闲情	123
警醒	124
郑国渠	125
妙趣	126
知秋	128
萋情	129
湖面	130
七夕——杨君情思	131
雨夜	132
寻足	133
融生	134
知变	135
醉间	136
暮吟	137
碧香	138
沣河	139
幼教	140

驾驭	141
开学	142
境遇	143
随缘	145
沉淀	146
追意	147
生态公园	148

大地玉颜寄情长

桂花	150
园丁	151
中秋吟	152
问月	153
擘画	154
合意	155
竹园	156
自变	157
雨中情	159
幽情	160
格融	161
舟行——赞孟晚舟	162
天源	163

旷达	164
闲秋	166
游湖	167
征程	168
雨	169
重阳吟	170
耐性	171
秋辞	172
唐村	173
诗缘	174
梦缘	177
纯真	178
艳秋	179
河岸	181
润滋	182
诗书渡	183
道情	184
秀色	185
溪浪	186
本意	187
撂荒	188
季变	189
寒衣节	190

冬	191
情愫	192
幻冬	193
房市	194

碧天云影翩翩飞

思悟	196
暮年音乐会	197
时潮	198
励求	199
殷读	200
应变	201
玄机	202
清照词	203
长足	204
老友	205
山境	206
闲趣	208
悼乡友张引成	209
冬莲	210
寒山	211
小雪	212

冬域	213
闲逸	215
情友	217
情牵	218
冬雨	219
商海	220
法桐	222
冬山	223
户外	224
仲寒	225
冬域情	226
沐骊山	227
致朋友	229
河湾	230
冬疾	232
圆识	233
真缘	235
疫情悟	236
悠情	237
睿情	238
小船	239
封城	240
雪花	241

居家	242
雪霰	243
舞厅	244
防疫	245

半缘心性半现实

年至年	248
年话	249
贺年	250
伊始	252
同域	253
心境	254
椽笔	255
一曲中合	256
望情	257
疫思	258
行中	259
时空	260
山水调	261
窘境	262
遥念	263
均衡	264

驱疫	265
萌动	266
韵格	268
不错时	269
空谷足音	270
农历虎年	271
春立	272
冰雪舞——冬奥会	273
春枝	274
山雪	275
天桥湖	276
河风	277
往行	278
兰花	279
春步	280
敬老院	281
春唤	282
"丰镐行"——文友联谊会	283
花韵	284
春怨	285
苜蓿	286
清心源	287
风沙	288

梅园	290
土门峪	291
笔墨情	292
田野漫	293
迷茫	294

锲而不舍金石钢

时足	296
知时节	297
心河	298
花时令	299
杜鹃花	300
花草	301
清明吟	302
故友	303
诗怀	305
白鹃梅	307
院内	308
水韵	309
春之絮	310
知前	311
眼阔	312

核检	313
悠闲	314
时光行	315
春深	316
诗启	317
情寄	318
工匠精神	319
悟	321
谷雨醒	322
扬花絮	323
卫星	324
闻见	325
浴	326

附录：

从陈苍正诗集想到的……	329
不随黄叶舞秋风	332

拂晓霞光醒春晨

巩顺奇 摄

扬 帆

旷野萧瑟鸟声咽
冷暖变化瞬时间
疫情肆虐已三载
生活秩序被打乱
早春花季难开颜
推门雾障看不远
阳光风雨匆匆过
振作精神再扬帆

雨 润

春雨催新草
点滴润心苗
同在异域中
知悟皆新妙
际遇畅时节
把握现实道
灵机生妙趣
花艳叶获宝

初 春

年在初春里
相逢多喜气
春雨贵滋润
继往再循意

和煦呈碧色
春山寄灵犀
转换日月光
推出新希冀

人生多情伴
芙蓉艳暑期
暮风催人老
香弥获丰邑

曲 韵

农历年初春雨润
堤畔柳萌绽青林
水流长溪浪漫曲
韵律彰显云水深
探索不断前沿至
花间芙蓉正迷人
漫天月光情域广
光中影动乐趣真

玉 兰

春润玉兰无叶开
花气清爽红颜托
蓓妍晖领百花簇
冬尽春来蕴光泽
恋赏行迹谁愿走
衍生希冀富贵和
天然真意格自有
召唤众彩艳长乐

和 煦

向往和煦遇春寒
冷暖交替泰天然
循序渐进相交融
日见反复衣慢减
脚步迈踏知气象
意愿采新虑周全
风雨飘动霓虹绚
花情多蕊绽开颜

述 槐

桃园外林是国槐
相见无猜循路栽
樱艳桃俏槐枝褐
时温差异各抒怀
暑至花萼白淡黄
弥漫素雅厚青来
启飘香溢沁心脾
浸泡悠情久徘徊

春 萌

春萌已见大地色
山间岭峰映雪堆
天然调节多适应
意趣情境各自对
天时地利人和事
风雨惆怅黎明晖
物态切近现实处
旷野花香山气追

年 光

年在家中过
情谊带长乐
微信抖音频
不虚佳节和

互问拉家常
爽趣笑呵呵
珍惜岁月情
世事光彩多

境至仙阁里
蓬莱似心阔
奋进继往开
花香伴收获

心 和

醒检往昔对与错
自悟自明谁无过
天秤难定砣平衡
生活哲思求心和
优秀基因珍遗传
普世原则怎突破
与人真诚尤为贵
努力践行梦想多

商 场

业态变幻新潮来
习惯思维难求财
电商迅捷日用品
实体经营临困衰

消费人群忙工作
退休捂紧钱口袋
保障未达心难安
循环往复何依赖

向往仙阁并无碍
爬高梯子步步踩
春暖花开秋色远
把握现实迎光彩

和 域

春萌希冀源

冷暖多异变

欣境何处寻

意态爽心田

自然法则力

和域助旺年

风雨岂忧愁

彩虹接长天

风 筝

风筝宇空送春天
大地景色悄拔尖
春日好运在派送
心情荡漾舒畅欢
冬寒终能逾越过
暖意受惠旷野远
金黄花彩碧色观
美文图案映光圆

力 行

晨曦鸟鸣入窗棂
春意充盈希冀声
年年叩开同时日
复重脚步再唤醒
旧情新萌启朝气
高山霞径奋力行
谋福精进步伐长
碧绿花香艳色浓

冰 山

气势远入境
光照云雾腾
雪域化清溪
天然反复生

况境庞然大
冷暖骤狂风
千里雷电闪
情洒桑海浓

冰山隐喻容
行止姿态清
感受喜悦苦
信念期待行

渴望自由恋
平等皆知情
生命存能量
岁月不虚程

花 域

花香着春意
蜂蝶忙采蜜
微风粉蜜授
灵果胎孕育
疑虑春霾生
频来风采域
单衣露白莲
情状似肤腻

春 来

二月春气绽放溢
大气环流多变意
衣衫加减难预防
热冷居安怎配急
坡阳光照即干燥
斜落山势影温低
常态一念乐情域
日月辉光会有期

巩顺奇 摄

沙 尘

浮空遮阳光
风尘迎雨呛
枝催花艳绿
无奈自然荡

千里冷涡旋
沙土解冻岗
一朝风起疾
尘埃飞远方

育林防隔带
长荫固守床
年年勤栽植
空气好清爽

海 边

情遇海天蓝
玫瑰聚约欢
天然沐浴露
飘浮碧召唤

自情悠心赖
肌肤亮沙滩
望眼旷胸襟
浪花芙蓉颜

赐域人秀美
侃醉笑狂言
唯美生意境
争做不老仙

茶 园

春山萌绿尖
坡坳层层盘
温差润叶生
如梦茗茶鲜
玉手采撷秀
娴熟曲韵弹
光映渲图境
媞域仙阁缘

情 侣

春花陪衬旷玉颜
风情万种赛天仙
浪漫缠绵翩翩舞
情爱溢满天地间
吻颜闭目世事空
颤心互知音相传
珠联璧合共婵娟
日月星辰喜年年

芬 芳

春气花开绽放香
赏心悦目雾霾伤
自然威力何其大
脚步随情已扫光
溢艳封闭难放出
雌雄埋怨不温床
境状异时岂灰心
风雨晴空竞芬芳

闲 游

雨洗沙尘垢
天然接明洲
朗域弃灰色
碧绿春意足
思闲忆往昔
畅怀自养修
风雨四季转
善心解困途

春分醒

日夜均分长
春意花絮扬
莺鸟蜂蝶恋
雨丰天公赏

往古民俗祭
今趣风筝荡
踏青绽旺气
田野情激放

旷灵张望远
枝叶孕育香
浪漫谁愿负
快步上青岗

时 局

寰球风声疾
大国在博弈
风云多变幻
矛盾演绎激

大树彩光艳
草色脚下地
哲理强者生
运筹远程趋

梦幻天然好
吾自应奋起
望至高山爽
丹霞出朝气

女 神

美女颜值配高贤
光阴仍留精彩焕
春色惊动猎奇态
年华启动清爽妍
慈爱总是多沾濡
衔泥福祉护家园
尚有多情燕双飞
四季如春年复年

柳 韵

叶枝出阁爽气新
微风飘探弹春韵
婀娜多姿自在舞
昼夜迎送宾客亲
闻趣知语绽放情
风雨彩虹姿态欣
夏暑岸堤映碧水
秋风落献片片金

商 业

经商利为先
内力与外援
思维清晰路
日暮朝新天

慧灵知识生
信息预前沿
杯盏唤友朋
支持拍胸前

财富广袤垠
双赢接心田
盛衰虑其远
研发溪水源

互 动

好似风平隐喻行
物态变化反复中
湖面光色接天宇
微风吹过涟漪涌
域处思展多意趣
闻见香溢分外浓
长存意识矛与盾
衍生岁月荟画屏

朗 情

风荡湖水浪花屏
连廊铃声放心鸣
岸柳枝摆碧绿会
爽气逼退雾霾清
天然生态护其远
温馨脚步朝霞东
春意盎然养精气
仰天大笑朗情生

理 性

年轻事理弄明白
行动执着牢记规
心劲哪知风雨阻
转换时足艰辛随
既往奔波柴米油
今朝有酒也难醉
自然理性多思翩
朝迎丹霞暮迎晖

樱 花

漫天樱花怒放开
色迷比美芙蓉彩
微风迎送笑靥至
柳絮桐花恭喜拜
桃李杏梨相结伴
踏青赏尽眼眸呆
静趣珍惜春意色
他年美境梅后来

岂迷茫

只闻春花溢奇香
雌雄授粉自然象
定念为其毕孕果
岂知换季遇寒霜

岁月途中皆望喜
歌舞升平将危忘
丰年应思歉收时
吾自感觉为良方

醒思世态非易事
变幻莫测验情商
一时一域悟阔远
人间真趣自由向

清明念

清明时节花纷艾
祭祀故人泪雨来
忆往缘分在何处
阡路松柏肃静怀
父母来自祖父母
枝繁叶茂一处栽
寻根归根天然态
责任感恩心意开

渴 望

大鹏展翅腾云气
背负青天往宇际
斑鸠蝉鸣怎堪比
江海波涛搏雾迷

志向铸成信念强
脱胎心灵宏伟基
追求成功愿望高
欲望开拓命运力

认知思慧控制行
能量情商吻合启
华伴风雨育新果
持续丰盈合天意

金小明 摄

逆 境

花遇寒气失心宠
昼夜煎熬冀温升
姿颜异态难诗画
游客赏析面愁容

风云莫测瞬息变
激烈竞争伴吉凶
逆境哪是终结曲
阳光风雨挂彩虹

温差育果味香重
苦其心志质品浓
时光过度期待美
考验锤炼百事兴

弄 春

雨雾弄春象
润碧朗气爽
穿戴难确定
着意最时尚
花迎阳光艳
瞬间忘忧伤
灵信多异变
昼夜梦起床

美 情

春暖花开情至外
天然融合意境开
宜音相伴丽蜜欣
小桥流水烟蒙来

南北一路眼缭乱
山水壮阔胸襟怀
清风细雨惆怅中
沉醉迷离诗画载

梦幻知己生难求
心灵相契两无猜
风情知音不逾越
美事珍惜修剪裁

时间指缝静流淌
幸运此刻在等待
茫茫人海机缘巧
缱绻万种偷自拍

怀 念

清明断魂杜牧吟
时序转换细雨纷
阴阳冷暖心念知
忆思故亲泣泪心
不宜总随自然走
杏花盛开酒醉春
今古祭祀意同溢
代代传承畅诗魂

阡 路

阡路奔祭接往心
松柏敬仰故去人
青山色变云飘动
雨纷泪织欲断魂
阳间乐域阴间修
可有迷茫转世新
念思辈辈清明日
春萌旺发祭奠亲

仲 春

鸟鸣仲春灵气伸
花瓣飘落撒情韵
曲调弹音云变幻
拂晓霞光醒春晨
意趣随缘静观态
其志不可费光阴
草木适时吐碧绿
抒怀朗气爽境真

新 潮

时代变化浪新潮
多情突出显风骚
花木嫁接生异彩
自然不虚真结交

年轻思维创意多
天上风筝地上摇
直言不讳高见低
浪琴歌声到拂晓

婚龄已到差缘分
生活独立汝自靠
丁克一族情为尚
寻理抱怨压力造

岁月情

处事方式高气抛
自行快乐朗月照
情趣风雨四季伴
长辈无趣闹心焦

文明践行虑长远
传承衍生不虚报
立意人生高瞻瞩
哲理复行存大道

恋 人

春风悠步浪漫香
花艳飘飞路径旁
知语不尽亲昵深
畅想未来清音长
果孕花实秋亮腮
牵心童趣避寒霜
濡沫向往以至远
换取轻狂结缘疆

循 环

城市呼唤远方情
谁使高楼平地升
时光荏苒几盈虚
福祉路途定域行

熟地无景烦心往
旷野花香鸟飞匆
仕途不立异地落
原籍处地他人兴

溪水长流渠生堰
百舸争流浪迹峰
突破天际自奋进
境界自然籁音听

境界自然籁音听

金小明 摄

润 色

太白仙境飘然云
诗意漫画接风韵
内涵滋味热遇冷
达练篇章自然心
同窗共檐笔润色
真知灼见醒悟春
学而不可轻思取
启迪后生哲理深

自 律

天然脉动季节换
人间希冀自律兼
精进充实源于己
持之以恒丰盈满

日事日毕愁也完
往昔记载旷心远
弱者惧怕变情态
玉琢成器艳羡观

幸运青睐自爱心
沐浴阳光秋果献
生活事业相通途
蜕变摒弃心自宽

外 卖

外卖小哥风雨跑
驾驶摩的万家招
省心便民朝阳景
新型产业应时交
思想观念多元化
生活舞曲旷达好
循序之间规范约
城市繁荣异彩飘

山 坳

山坳红紫斗芳菲
微风伴阳春意归
故作青葱香溢外
花粉不舍风狂追
廓域境界旷达远
回眸留恋舍不得
径路柳枝摇摆舞
幻景又使鸟鸣飞

青 山

青山接阳天
峭壁湿香漫
溪水潺磬声
浪情伴足盘
旷境天域碧
爽气郁心观
虬枝摆舞姿
仙阁鸣啼啭

品 茗

楼阁品茗依山峦
境旷优哉天然缘
闲云飘动寄情语
大地彩异爽气添
言欢语朗忆往昔
岁月难载青春颜
杯茶如醉似痴梦
暮年情谊在春恋

柿 树

树萌仲春芽庄新
枝干龙身曲上伸
年年一季等花时
火红灯挂秋气深

金小明 摄

拾 光

拾光踏青
田野花木春正艳
笑声扬
人欢畅
岁轻狂

溪水汇聚朝东方
时机关情长
福前风雨切难忘
彩异芳

春 行

步态放松
碧绿径庭
柳姿相迎
百花园林
邂逅于途
蜂蝶欢情

楼与山比高耸
各得心境
巍座映颜
唯谦思动
遣趣春明

入 学

门阙彩灯闪
曲音龙凤泉
盼子入学堂
功成名图展

远瞻急功近
揠苗助长迁
起始怎可输
前路未迟缓

小学进初中
课题堆如山
高中希冀榜
近视增环圈

如愿大学府
驾驭意志难

成绩怎么样
静待时光验

多情以往去
堪舆迷茫间
谨慎自律修
家国力动源

变 化

春意争花
槐树芽
田野碧绿荟
动辄向往
复会似年华

远方塞北黄沙
卷起时
观顾南下
冷暖交替
风雨彩虹霞
自然多变化

诗书缘

诗词书载已千篇
不觉时间一夕烟
花荡暑雨秋至寒
笔砚还臻历练

世态芳菲多变迁
昼夜长短日月转
愁笔润色尽情牵
既往情怀同欢

珍 惜

花开一季红
瓣飞孕果生
人生步长态
良辰不多重
状态转化时
涅槃欲生风
瀑布曲浪音
珍爱光阴情

购 房

开盘已售空
抓号遮阳棚
公开透明异
未住二手经
飞天茅台价
刚需怒眼睁
扶摇市场态
哀叹百姓情

理 念

利欲搏性命
力尽往图穷
过劳日月长
昼夜不分明

工作多忙碌
眼界模糊屏
信息纷杂现
如影时随行

质差格局小
疲劳多发病
压力精气虚
智慧缺悟性

漫漫黄沙起
厚土也离境
盼望春阳色
舒心赴澄明

春 闹

仲春频遇倒寒袭
塞外纷飞雪
地气催花
始开梦怡悦
回首望
芳菲季节

鸟鸣风遣斜飞闹
游子相笑
真意自在好
天籁曲音
梦醉朗月照

清 思
——念乡友

春雨落花带清思
英年早逝亲难辞
父母之心念何处
啼鸟不唱泪流丝
谁能解脱殁中悲
神仙劝导恐无词
白发悲送黑发人
云山低回失容滋

曲江念

曲江遗迹历时显
往古事理呈今观
传承演绎归真趣
衰退兴盛再醒迁

池水荡漾涟漪涌
流逝时光日月转
风雨留残岂可忘
富丽堂皇思危安

正负初衷有内涵
智慧人生不缚缘
事物化育自然律
曲水流觞美名传

谷 雨

暮春至境芳菲暖
雨落情长再无寒
采茶娴熟舞姿艺
樱桃红过牡丹艳
点瓜种豆暑秋果
清雨迎送添新颜
椿芽香嫩飘然起
喜闻初夏麦浪翻

留 恋

清雨留恋歌声漫
暮春享受清气欢
润湿眼眸岁岁记
往昔峥嵘梦如幻
高山仰止尚精彩
多趣人生泰悠然
曲径通幽旷心至
真情实意爽域宽

巩顺奇 摄

一季花香

一季花香正飘走
时化转
旷意尽收
色彩缤纷
魂犹望至
岂觉光游

往昔知友成华发
轻狂过
激行浪波
暮雨清荡
丹霞云秀
念思悠悠

中 年

人到中年百事牵
负重竞走责任感
椿萱在上子女长
事业责任风雨伴
生活节奏涯水滴
情怀持有平衡难
艰辛但且系一念
昼起葵花随阳转

境界自然籁音听

现 实

资本时代
规律制度市场
相互依存链接带
情商才

朝起暮落各异彩
一念求成再外
多半事宜虚往来
情愫开

犯 困

春气眠足食清淡
自然生理同转换
虽是蓝天碧旷间
隐约好似知觉乱
暮色降临天接晚
且将明天当今天
花开花落啼鸟情
流觞乐域清音弹

天涯路

山转云清
壑沟声溪鸣
东流海中
沿途鸳鸯游
渲染两岸景
冬来雪
回旋风
横贯东西情
春来至
调音击磬
相见域空

如似奋蹄匆匆
抖音异趣多
颊艳唇红
个性前瞻望
靓丽色彩浓
曾不虚

奋进程

岁月奔幸福

天涯路

动力自生

华发也难封

劳动节

历史变迁多诚阅
劳动价值彰显节
尊重创造不奴性
人间幸福似门阙
年年同庆普世情
未忘启程奔时月
领域各异奋心至
辛苦劳工应关切

心 悠

夏日山林苦蝉鸣
鸟啼穿越溪水声
融合一起柔心至
唯愿天然结缘情
云游浮空千里外
风吹道情歆美中
激流湍石谁抱怨
幽雅寂静昼磬钟

爱 情

情诗故萌依河洲

《诗经》渺然隔云渡

虚实浪漫花绽放

蝶带鱼服少年束

所谓伊人水一方

异域放歌心中求

川流时逝东不回

相携绵绵踩远足

秦直道

暮春行旅风光好
历史遗迹极目考
出秦至蒙云岭峻
绵延千里景色娆
横跨黄河青龙山
黄土高坡荡歌谣
草原碧绿阔域远
秦汉隋唐宋元朝

城中村

楼房参差玄关挂
熙熙攘攘望春华
沧桑变迁必经路
多重因素累积压

改善环境市场开
多姿多彩趁势发
藤蔓结缘花连果
丰盈饱满时序嘉

思维导图难定路
新型模式识别码
生计奔途须知向
锦秀前景更奋发

小 满

小满节至紫气香
暖意转换炙日光
北方麦粒饱满至
南方收稻再插秧
春花落尽毕果献
樱桃颜值杏色黄
仰望旷域观凌云
欣心满满日月长

如约的翅膀
——乡友旅游

华发初上
六十花甲
梦境一场

忆过去
岁月恓惶
祖辈挑担逃荒
置田亩
盖草房
昼夜奔忙
为儿女
幸福长
苦累劳伤
痴心旧
多情往
本色依然寻常

谋生计
卖炭翁
山转云绕
跑乡城里外
推车如风走浪
昼夜兼程
一代刚强
纵然获得天饷

而今至
风雨清爽
自我逞强
花相识
柳相识
无限春潮荡

车驰山境里
曲径悠畅
荡漾载酒船
费尽思量

乡友交玉笛

闹趣声声朗

歌音天边驰

峰峦送时光

可贵处

童心未忘

龙头山

川陕交界巴山深
林海米仓山脉阵
脊梁绵延体如龙
奇伟壮观美境伸

历经风雨与磨洗
雄奇峻险更奇神
突兀逶迤傲然耸
演绎传说妙趣真

聚云佛面接苍穹
碧峰翠欲缀云纷
远方舒望惬意诗
烟霞叠嶂妙天臻

装 台

人生戏剧装台架
风雨彩虹炫春华
夜思梦境白天走
多情蓄势期待发
人勤徒步接缘伴
迎来光彩仰山崖
旺气一心不泯灭
岁月静好待时佳

新 婚

温馨曲调步殿堂
时光转换结缘长
青春聚首再旺发
喜人彩气浪漫香
侬侬融合谁分谁
人生路上牵手趟
相敬如宾濡以沫
天源地久亲满场

浪漫的心

初夏光照映碧空
耳边微风伴琴声
恣意歌厅裙飞舞
心雨承接往昔情
轻狂不是蹉跎时
时光流转切切浓
世外桃源脱俗气
自旷境界远方行

巩顺奇 摄

怜悯

日酒饮频盅
餐剩鱼虾肉
富裕无厚非
贫士冷风瘦
光照合润浴
享受不同度
时潮波浪涌
怜悯战兢酬

清 幽

山径幽深碧色重
参差巍峨苍龙岭
微风拂面夏日爽
清泉流韵水淙淙
蝉鸣空林鸟飞旋
竹节拔高既往情
畅享美景旷心怡
乐观潜境情满升

田 光

一片盛景田路通
避暑休闲荡清风
花间透望远方穰
定力动漫希冀中
石榴笑开迎杏黄
竹节拔高松枝青
鸟溪灌木丛异彩
梦中情人柔情生

漫 游

漫步丛林鸟鸣声
亦真亦幻动真情
距离产生美异态
相敬比拟惬意浓
光照透隙映地草
忆旧叶片沃土层
否定衍生品味多
生机盎然前行中

意念力

溪水清韵润肺腑
青山厚重爽气入
光阴荏苒再展现
境界超越宜远足

老当老为心不老
幼吾幼乃人之幼
无有之境美其美
意念接力变通透

窗 外

鸟鸣曦早无心听
只缘夜半梦中景
花摇疾风纷纷落
片片红
浓郁葱
风流难度此新境

往事情怀推世远
返回仙阁洗幽静
悟思来去露华清
丹霞晕
暮雪生
月迎日出季节中

异域放歌心中求

金小明 摄

远 卓

旺心志远阔
来往定风波
云霞伴步匆
日月肝胆热
酒逢寒泉浆
食疗清淡多
暑汗似鎏金
秋韵伴硕果

山 缘

春山总比冬山高
自然葳蕤生气豪
意随风转龙屈身
存真定泰绣蟒袍

衣绽层层无穷叶
山缤尺尺见花笑
樵路草润滋旺长
鸟鸣溪韵光映照

静念香趣喜有兰
漫野笑声清音渺
此中岂能无本意
氧吧合缘志凌霄

岁月情

晨曲歌吟路径醒
痴迷渐进意境梦
春去夏来回复转
忆往昔
知征程
情怀始终再上升

足迹沙滩印深浅
光华早晚景不同
风弄潮汐浪抹去
回竟平
岁月行
心态如金一笑丛

兴庆宫

暑雨初晴终南翠
平湖清洗迷人晖
歌声飞绕沉香亭
烟雾漫升爽心扉
交大西迁艰苦情
民族精魂真才汇
休闲娱乐舞姿态
旷域描绘神奇归

荷 域

暑雨急

荷叶碧

菡萏姿摇爽气

旋境拍

难间隔

浑然多彩举

微风荡

梦影栖

幽情处极朝趣

瓣如面

红似唇

虚实自然立

章 法

循迹序篇博章法
首尾呼应结构加
河里无鱼布面添
神奇惠畅精妙画
物态境况同一规
竞润彩异人通达
天然和谐多情出
端庄秀美驭风华

文 源

历史名篇可鉴多
哲理现实相吻合
日转月出溪不断
今古事态明迹辙
人性优缺文明度
岁月光泽情怀歌
基因序列再演变
行制规矩觅探测

意 趣

山间溪流扭身去
鸟蝉水瀑赛筝曲
草木湿热仰天光
氤氲气旋彩云掬
红楼风韵忆往事
人间幽情多意谧
自然魔力融合姿
无须降逆错玄机

湿 热

湿热暑气天
微风待雨涣
阴晴难定绪
心生厌忧烦
节时自然至
花木旺枝繁
东西南北走
汗蒸神气元

随 缘

酷热心境烦
昼夜难安
拱月旋空不入眠
睁眼幻梦醉意客
形容自乱

阴晴雨难见
避暑南山
天然一拢结新缘
人间景色皆情语
借鉴真言

匆 匆

花红春尽谢凋零
既往娇艳太匆匆
朝霞晚风急
万千变化中

情谊此去何时来
切莫失去秋时丰
露珠恋霜醉
清溪东流声

金小明 摄

农 情

田野秧苗希望中
园中果梨丰满成
风雨润色辉映染
岁中记载新农情

年轻打工孩上学
老幼体弱顾家庭
收获管种忙里闲
往复循环几多行

二层楼阁前后院
休闲自在鸟鸡鸣
娱乐麻将花花牌
粗茶淡饭心旷明

养 老

情留意浓岁不留
春去暑来时续秋
耄耋之年期颐瑞
养老关爱芳菲酬
老吾老及人之老
温馨舒适方便久
融合群力聚思汇
自然归去留锦绣

随 意

微风轻荡叶花秀
夏雨润色灵气足
丹霞柔情意
美碧旷心簇

岂负天然香
月圆亮高秋
辛苦律己正
彩艳梅香酒

"烟花"台风

大气环流热冷融
云集旋涡起台风
飘荡千里骤雨下
百年难遇水灾情
豫中大地成泽国
玻璃罩地一片明
自然威力怎预防
灾害再提国人醒

小 区

高楼耸立园林绕
多样品房彩异周
进出忙碌缓慢行
意趣不同度春秋
表面难识愁喜乐
窗帘露珠等月钩
似梦非梦自圆解
少与他人同舟游

知 醒

春花菡萏秋意升
碧叶翻卷西风中
不解自然生焦虑
豁然中

检阅一年四季风
时光如溪涟漪生
物景变幻回观看
步流星

灾 情

豫中霶霈百年遇
岁月静好存危机
气象预警耳边风
灾难酿成洪水袭
车成舟楫陷困居
嗟叹自然无道义
醒悟人间存大爱
教训深刻存敬惜

知 否

多种因素时变迁
大我小我随情缘
希冀自行风光好
百川齐聚成海源
途径酷暑力过午
苦思长忧五更天
心有彩梦神龙在
敢破楼兰古将传

奥运会

环球健儿大比拼
奥运宗旨铭记心
信念价值多期许
规则道义启示真
冬练三九夏三伏
青春留载上升奔
挑战极限竞技标
文明检验体格真

域 端

云披山势低
峰峦渲图碧
一时遮望远
终来迎朝气
清雨昂首洗
思维导图奇
心境超然出
旷远随天力

天然风华

暑尽秋来风吹起
丛林蝉鸣纳阳气
时光已过半年去
随缘墨砚未停笔
不恨流年韶华过
留载真迹忆往昔
蒹葭菡萏烟雨蒙
天然物态多情激

闲 情

芳龄好聚闲情多
时光融合
怅惘朝事乐。
常约无聊酒杯话
梦回辞镜颜逝波

世态向前变化快
新愁苦约
娇艳年自磨。
心劲超越难满手
浑然不觉梦已落

警 醒

变异病毒催人危
警醒重疾多防备
知危而后安
早晚高兴归

自然朝阳路
众志爽其瑞
老少相向宜
阳春白雪醉金杯
战疫病
万象辉

郑国渠

北仲山下郑国渠
绵延流程三百里
先秦治水千年史
受益百姓固社稷
自然随性人设计
历代臣民皆合力
兴游景宜忆往昔
日月星辰留足迹

妙 趣

香醇悟道春
暑热酿秋珍
杯盏影投乐
意会传递心
情商阔圆慧
美奂异彩纷
幽静日月暖
阁楼流盼臻

巩顺奇 摄

知 秋

清雨降逆暑热津
浆果柔浴翠珠珍
渐进光波显彩屏
草蕾他年生芸纷
添喜白云红叶来
菊窦初开等时辰
醉意自然鸟鸣态
比拟情浓爽气真

萋 情

蝉鸣密林一片声
阳光叶面玻返镜
秋水吹来叶枝颤
季节时移爽趣中
又闻溪水石磬音
芳草萋萋柳江清
远方山峦色雾茫
悄然展现岁月情

湖 面

环眸湖面秋阳漾
湿气阔润玉锦上
层层涟漪柔肌肤
清爽舒展微风荡

伫立远观觉来迟
鸳鸯戏水滋情长
舟楫帆动采莲子
池泥他年莲花香

杨柳依依渺渺界
不是惺忪神自尚
平淡幽远精气还
君知秋序菊梅芳

七 夕
——杨君情思

青丝抛残凄草生
孤雁高飞寂无声
七夕节至多往忆
海誓山盟已落空
情域人间早晚过
难免空唱雨霖铃
自然循环日换月
花香飘零芳魂青

雨 夜

好梦不知怎激醒
夜雨淋漓响音铃
偶遇极端自然象
阴阳撞击电闪明

环流旋风云千里
冷暖融合滂沱倾
水流急湍岸柳摆
河川百汇容纳情

秋雨分季凉意升
万物有灵各现屏
梦意虽好寄锦书
笑语连绵似歌声

寻 足

休道年岁自胜秋
芳华隔岸每遇收
时续抛弃多馨意
长短修养深浅足

经世致用随人聚
一色花艳难作秀
孤芳自赏千野外
萧瑟图景花绽洲

世情遂溪不留步
静好自然结缘走
志伴天籁韵达远
方庆余年锦绣酬

融 生

初秋树荫生凉风
阳坡紫光热融融
微风契合鸟蝉声
款步走
着趣浓
意境旷达收秋情
天地间
闲云动
喜闻香果带锦屏

少年骑车相追急
老童唱吟赖新景
彩环挂前庭
人生意念搏浪峰

知 变

林中树冠落叶轻
往昔情境多趋形
物态知秋瞻变化
浪漫婆娑等霜浓
平民黎庶福同享
天然风情旺气升
伫静观至多异出
环眸一际太匆匆

醉间

初秋雨后爽气天
闲云邂逅飘飘然
光洒大地山峦伏
气候瞬时变
半年过
昼时慢慢短
夜梦常常薄心源
舒心同此忆往看
梅霜染
呼唤春意前
鸟啭声
鸣啼远
萌芽新草丝柳棉
花渐迷人眼

暮 吟

日暮残年不趋景
夜梦无端悲秋风
琐碎线头难记起
十有八九浑沉中
常哀蹉跎雄心在
雁鸣孤独难远行
时兮我兮奋进少
歌兮嗟兮过平生

岁月情

碧 香

秋雨绵绵气息凉
乡间芳草碧连香
蛐蛐自鸣起得意
五谷笑红果色亮
季节交替脉动漫
柳莲思恋往时妆
薄雾浓云昼夜飘
骚人墨客笔心畅

沣 河

河岸红毡曲径柔
疏情迷眼景色稠
水碧涟漪渲坡岸
鱼竿过桥不挡流
青山近
源水足
画屏瞻远冠时秋
心境自如追缘间
非难易事锦方游
念趣多丰收

岁月情

幼 教

幼教懵懂园
早抓慧心远
现时多努力
启蒙是关键
早教学前教
父母盼子贤
他日功成显
家国庆欢颜

驾 驭

薄雾浓云细雨蒙
丛林叶飘醉秋声
闲步爽快抖音频
芳龄馨语润心灵
静观其变识时趣
多异已是常态风
容颜彩暮光幻影
思情驾驭高远程

开 学

始于足下百年起
辈辈相传积灵犀
初始团圆扶起步
雕塑人生大美宇
风寒自暖四季情
夜来灯花书心趣
曲径攀登力不减
三山五岳望远极

境 遇

季节变换增减衣
早晚预防打喷嚏
自健体能行进远
灵慧不假倍珍惜
意境深邃难全尽
灵性参半再机遇
天然求得融合度
群芳争艳自给力

巩顺奇 摄

随 缘

阴雾蒸腾秋雨前
鸟儿蹴树不鸣蝉
蟋蟀露珠伏芳草
灵性自感季节换
季深恹恹欢意少
月明星稀影零乱
醉在其中霜染红
多情悠悠岁漫漫

沉 淀

秋意自来多悲愁
萧瑟慢步叶飘忽
远山孤寂静态处
悄然带来丰收足
人生转换差中求
沉淀之后积成舟
丝雨帘帘浓热气
旷野菊花一览收

追 意

草木香浓爽晨雨
自醉天然絮语细
相宜融合多情好
阴晴转换出新意
柳枝摇
浪漫趣
画境色染似秋菊
情缘终身暖和身
何愁足食不丰衣

生态公园

新建造景沿岸河
林荫大道芳花草
异石凸现生灵气
舒心园中鸟蛐叫
闲时咸宜游玩乐
天然氧吧浊尘消
初始新屋常打扫
是否弥新赛新潮

大地玉颜寄情长

巩顺奇 摄

桂 花

秋色宜人桂花香
风过林间回心荡
蜂蝶不恋光异彩
魂迷裙带衣时尚
暖阳柔和神情掬
世态真意走远方
味趣相融天然在
各有所爱各比长

园 丁

寄望四季花朵赛
园丁新艺辛苦栽
年年葱茏碧绿翠
朝霞露珠晚灯开
青竹高起老竹扶
节节拔高风格迈
多意美趣灵性汇
乾坤动情福祉来

中秋吟

中秋节情往起华
百草花结果疙瘩
雨绵蕴蓄落风叶
回心归处季节茶
稻谷丰满螃蟹肥
舟游江海鱼上筏
筝韵籁音玉映月
冷暖蕴藏著优雅

问 月

八月十五问月上

大地玉颜寄情长

深邃旋夜梦境远

点点滴滴知语香

烟花春雨红枫绿

润泽意趣暖心房

乾坤籁音温馨故

舒静爱念天涯方

擘 画

青山绵雨汇溪流
河水洪溢浪滔舟
清浑湍急争先后
自然一季秋气稠

远景厚重绿黄染
鹤鸣云旖阳光足
浪琴心漫步伐稳
美境是否多情收

人文结义意趣广
既往思情轻松度
转换季节交替变
知遇高处彩云岫

合 意

夜深人静星月灿
楼阁灯息自安床
苦笑梦境陪
吉愁流水帐

细语挂春幡
缘分合意圆
秋色谷果丰
梅艳早飞霜

竹 园

幽静竹林景
溪流蕴气清
遥竿扶枝高
盘根推朗情
碧叶难尽意
闲云唤鸟鸣
心雨期盼润
暖意醉和风

自 变

日月陪伴儿女长
人生亲昵路途香
不负荣耀功名取
大我小我奋进方

光阴似箭靶心过
回眸一笑责任刚
幼子萌发做陪读
龙凤呈祥漫释放

古今文明循史迹
树木嫁接枝生旺
赶集私程再送行
耽怕风云雨翻浪

暮年景色甚如意
推着童车为孙忙

天伦总觉神气差
无悔奔落异地乡

默默无语甘愿情
去除执偏见融堂
涵养出征炼体健
梦想天然给力壮

承上启下随缘迁
弥新水土禅念房
时潮破规达旷远
家国情怀蕴富强

雨中情

秋景花谢色返景
霜染枫叶丹霞升
黄白参半青碧笑
定立玉颜迎清风
城墙环河历史久
千年之恋记幽情
时光转换出新意
风雨之中心若虹

幽 情

小桥流水幽静深
他年再渡不同君
阳光雨露皆往事
意趣何处问新人
梦境常在春风里
月朗星稀精微珍
东西南北达爽气
岁时妙间爱意真

格 融

下里巴人艺城间
阳春白雪舒雅园
相融契合好意态
高低参差文明观
世事转换浪潮下
心灵鸡汤励志源
往昔境界多差异
旷达野趣知前沿

舟 行
——赞孟晚舟

异国他乡三年间
晚舟激荡终回岸
信念毅力众志城
深谙荣辱与贵贱
洞察世态皆学问
难得普世荣华源
诸位历练阅历多
民族气节是关键

天 源

风云千里送雨淅
天公真意难转移
随缘思进渐行远
芳菲自觉成体系
秋掠霜染色异彩
月明朗韵情满溢
虽言人间固有命
自我非凡终有极

旷 达

雨晴雾气漫
远望不见山
况境多衍生
周易自方圆
心灵在仲秋
彩异多渲染
四野方旷达
江天相接缘

巩顺奇 摄

闲 秋

落叶知秋菊艳开
撤季换时华彩来
秋风冷月各营心
绵雨溪汇浪滔开
情缘乐趣旷野游
沧海桑田人生迈
语音不同境界异
蓝天闲云一鹤排

游 湖

湖面涟漪漾碧水
清气飘然香溢醉
桂花枫叶相比拟
异石晒背光泛辉
舟帆游荡树竹影
鸳鸯戏水深浅追
仙阁梦幻乾坤日
四季风情新瑞美

征 程

阅历塑造审美中
选择唤来航程通
星光不负赶路人
时光岂误云雨征
风流人物今朝在
锲而不舍继往行
人间正道沧桑远
崎岖峥嵘自览胜

雨

绵绵细雨鸟乱鸣
道接秋林爽花清
虽有落叶桐籽见
遇艳色彩菊香浓
行路君童相笑语
车驰路面浪花生
田野谷收麦种下
他年弹响锦瑟情

重阳吟

春花达秋果沛丰
夕阳不觉成暮翁
颜随天去多变异
骨瘦发稀身伶轻

忆往阔进还放眼
缘分珍惜漫歌声
承启后进书乐趣
迟来岁月阅旷灯

知秋眼绘锦屏色
毫端蕴秀思想成
桑榆晚景峰上光
飞到云霄梦随踪

耐 性

未到淡季店铺冷
业态变化难承重
趁势租金随物价
往比利润缩水中

急躁难耐心中火
曲径不直市场轻
走北闯南革新面
知遇怎达环境松

自古千里寻方圆
风云变幻艰辛踪
数十年间不懈怠
耐性自助起春风

秋 辞

秋雾雨柔
月迷难度
叶知时令随风落
鸟儿难跋飞光暮
果熟谷丰归园处

苦薏菊香
色艳暖束
界境旷达为远足
江天蕴藏岁月情
情怀思趣梦如初

唐 村

秋气唐村幽情坊
仿建古境伴阁房
渊源文脉神禾塬
历久弥新知新芳
远望山高荡青云
今岁承载雨水长
优雅时序似心醒
期见再朝科举榜

诗 缘

诗书古来多蕴意
多重色彩自演绎
梦幻求变亦俱进
点滴醒世真爱籍

拟于自胜启哲思
泛语浮言难培基
浪漫现实各有别
杜李臣僚牵布衣

文献解惑随大道
知性情缘造化极
本是参悟无旁侧
心境状态怎合宜

诗寄远方苦励志
春花秋月各有期

记载历史往昔事
情怀天公启玄机

命蹇从实缺想象
治乱忧乐难奋起
布巾侠剑游域中
悲欢之间存真谛

自惭形秽不作古
诗文聚拢无官气
岂知小众意存深
官客境变谁推译

金小明 摄

梦 缘

夜梦飘然致远游

景幻色环帱

茫茫人海间

心境难留

不知身单添衣厚

吟诗书同窗款步

各自执秀

销魂彩异

芙蓉藕香

淡烟画屏收

纯 真

诗词歌韵
时光境况情至深
风云变幻
明哲析理绽霞纷

爱趣爽心
往事随风竞由真
花艳放香
硕果寻情归缘人

艳 秋

雾遮阳羞
隐见高楼
茫然寻视细瞅
自然冷暖换
日转南半球
年年如此到来
意境变
不可能休
情欢聚
旷野自怀
艳红悲秋

思梦境
蛰伏巨力
唯独启方遒
海阔归舟
人间爽气远

巅峰高足

不为此时境况

岂落心

霞光满收

事俱难

随缘进修

排解无限忧愁

河 岸

秋阳乍暖
草木渲碧岸
水流激湍
眼眸清环
润泽醒诗
别是闲庭园
鸟鸿飞过
时光季节转换

伫立仰望天宇新
闲云悠漫
寄思情趣缘
发畔退岁月如溪
不觉愁见心恋
赴露晨流
朝迎日晖
多彩姿人间
高峦峰巅
望山河绽汇源

润 滋

季节交替初冬至
风雨渐渐寂寞时
物景游离心吉照
竟日纷乱疫生事
居家读吟悟知语
喜自珍惜岂困思
静中依然情致远
步移岁推虹润滋

诗书渡

功名富贵书行舟
峰山水域书竞秀
延续知往书演事
发轫知音书如簇

人生情欢书结义
红袖添香书偶述
万物生孕书为媒
警世通言书润喉

成就大业书生力
普世哲理书救赎
聪慧路径书香锦
之乎者也登高岫

道 情

林荫大道树木庭
仰面碧叶锁天屏
秋阳透心暖溪下
铺面草针挑亮星
阔野旷达不同时
竞步闲情雅视听
松柏竹林翠鸟啼
知音漫客相伴行

秀 色

秋阳坡峁红黄绿
峰峦参差多彩异
鹊鸣林间穿梭喜
溪流汇江流转疾
暮萧烟雾绕山弥
峁嶂沟壑聚真气
因疫封道伸脖望
路径野生放新菊

溪 浪

绵雨细汇浪花飞
芙蓉送时归
柔心醉
微风石晃水摇枝
阔流汇水域
涟漪陪

拟闲云况趣飞
翠鸟穿梭戏
鸥鹭鱼
潺潺不息随阳追
润气致远散
年年绽芳菲

本 意

学问深时胸襟阔
道性自归蕴深意
市场运筹化疾顽
恒念有志畅定力

读书思想越前趋
启迪书香逸雅居
怜悯不误俗作态
切防虚饰遭遗弃

事出德信处正分
天然阴阳平衡基
情缘梦幻隐藏露
风浪尽头逐花溪

撂 荒

开发新城剩余地
荒草茂密满疮痍
农家住宅闲无事
公园散漫没边际
新宅旧屋穿插挤
鸟巢难静飞鸣啼
思源梦远需增辉
后生春笋望随逼

季 变

寒冷疾驰时入冬
碧黄凋谢画变轻
气候转换晨雾漫
飞鸿声唳鸟蹴坪

现实困境疫防范
街巷萧瑟店冷清
往昔风韵仍留存
产业供应链韧性

前进逻辑探索远
谨防魔鬼幻衍生
知其细雨微风卷
风清月朗继往行

寒衣节

冷风簌簌雾遮天
上坟祭祀秋声寒
别过暑热百叶萧
无法阻挡光推绵
父母恩情山岳重
相思纳岁记心间
纸衣焚香泪眸眼
雁鸣哀念桑梓缘

冬

飞雪荡山顶
秦域吹寒风
木叶疾脱身
伏津枝春生

况景年复年
时序皆不同
加衣预冬凛
遇变自从容

行走防滑倒
雾霭疾闪灯
环视现实处
艰辛福祉中

情愫

世态典籍册卷索
人间百味感慨多
唯美浪漫非常态
温故知新秉承获

碧天云影翩翩飞
留心后世走坎坷
意境哲理出本源
臻言百惠真情约

笔缀花香结秋果
岁月抒写灵性歌
浓情痴恋易凄伤
孤寞哀怨况着魔

肺腑之言祛妄念
高潮迭起遂跌落
至情至性觅知己
繁华如梦荡长河

幻 冬

雪融暖阳照
翌日冷风早
叩问自然门
变幻多奇妙

无云怎驾龙
萧林不飞鸟
阴虚伏枝黑
芽萌期盼俏

天意见预知
寒热星际报
时差好适应
旷达独自笑

房 市

昨日楼花出地基
今日高楼好低迷
不是手续没办完
待价而沽生玄机

日子平淡难计时
市场忧患无定期
居住不炒基本策
彼此较劲比耐力

闲云骤雨谁怅然
刚性需求自给力
恋心牵手供借贷
艰辛积步至情急

碧天云影翩翩飞

金小明 摄

思 悟

翻遍典籍悟哲理
思路旷达神自立
位高不定见解高
处低未必智识低
荡到谷底跃云端
风雨过后彩虹霓
寂寞困窘梦辽阔
岁月风尘且珍惜

暮年音乐会

吹拉弹唱赛歌喉
公园欢聚情悠悠
衣彩气爽劲头足
奇葩浪漫现仲秋

笛音起　号声骤
打击乐器花样稠
难禁情愫怀锦秀
踏歌行步忘忧愁

时 潮

春颜夏暑秋之韵
蕴蕴难消
情趣相融
花间细雨宿翠鸟

年轻爽弹波浪姿
阔以新潮
方圆汇流
不观歌愁闻玉箫

励 求

车行路径驱急速
舟游大海浪激流
征程不息日复夜
驶帆目极云梦洲
静谧时光总归少
博闻强识昼光透
成就事业坚不畏
功名成就励中求

殷 读

冬阳朗照难出门
疫情纷纭
憋屈乱人心
窗外清气岂随意
读诗著文悟风云

丰瞻博闻深叠韵
成熟品质
世事好鉴存
古今千年往昔事
默然体验妙中寻

应 变

寰球暖风温室气
南北两极冰融迹
海面上升岛浮水
生存危机步步逼

千里云度复狂雨
热冷对流台风疾
千囱万管碳排放
世界联合规章立

阴阳平衡天然意
地球脉动变四季
违反规律必遭谴
空间环境雾霾积

人间期盼花香好
怡心宜情浪漫煦
丹霞晓露生怜爱
风调雨顺丰获益

玄 机

云海激荡风浪急
迷茫雾绕生玄机
聪明愚钝各显象
谁窥其中几神秘
大道争锋多奇崛
不可违愿存悖逆

清照词

一代佳人辞赋传
朗月雁鸣清云远
情寄人间珍爱汇
溪水长音浪花涓

虽随赵君明诚官
贤淑伴侣不参言
异地相思如梦令
红颜憔悴心志坚

国破山河荒草迷
笔椽覆下无完卵
彻骨悲凉风雨打
魅力绝妙才华显

时光流逝倍温馨
光彩绽放意境间
悟透真谛慧静音
凤毛麟角翘楚仙

长 足

自然光照
横扫恹恹多病人
读书悟理
祛除穷疾保精气

润泽四季
阴阳吻合得延续
生计刚需
似梅清幽傲霜立

思往进取
持念融创展后力
故园不迷
脱俗进化出新集

励志长足
寄托美景为自求
风流人物
古而今至归真意

老 友

友邀聚宴阁云庭
推杯换盏意浓
忆时曼妙消逝中
色归冬寒树
互勉康健城

盼春希冀事无忧
无趣任何功名
平淡天然伴清风
珍惜时光景
访梅踏雪好心境

山 境

寒风疾域山势低
葳蕤错落见迷离
红黄叶稀枝皮暗
映日厚朴多情趣
壑沟深深伏萌津
物景变化蕴真意
曲径河流粼波闪
鸟伴闲云况远邈

金小明 摄

闲 趣

冬阳朔风旷野景
萧瑟寒气滞漫生
回首静坐闲庄时
一壶香茗论道升

格物致知求信真
良知规行话中正
神气随心悟达观
往昔至情潜然生

多执如意存歧岔
熟地无景凝眸怔
偏执己见弃真谛
芳菲乍变浮躁风

轻狂自信难延理
岁始傲慢难攀登
平凡地气织锦绣
脱俗进取歌笛笙

悼乡友张引成

冬已至暮寒侵忧
岁月无情添哀愁
立善务本医行道
服务乡友真诚优
人生风云实难测
风吹浪打沉浮舟
儿女伤心无处说
潸然泪下追影悠

冬 莲

萧瑟冬临芙蓉园
奇葩锦绣倍可怜
戏弄无鱼无珠泻
枝叶伏地土肥斑
一季返程玉塘处
沃泥藕节待出田
质品融宴酒杯换
醉梦他年花气元

寒 山

苍颜幽暝山暗黑
巅峰雪积浮点白
高低参差光反照
疾风吹厉清阴霾
恬静远望天然变
山形依旧旷野开
色变往复存真意
如月寒生露华怀

小 雪

关中无雪远方醒
季节时临寒潮生
况境叶落萧瑟变
唯有菊梅艳丽中
人气合元阳坡暖
词韵悠然歌抒情
冷暖香颜新梦觉
心态静柔唱大风

冬域

萧瑟浩域

暖阳无雪雨

高热冷气低

疏柳桐叶疾风落

旷野极目心际

回径河洛

滔滔东去

一丝惆怅意

鸿雁飞过换季存

情怀可否远寄

歌漫堤上消遣

步行悠闲

不怕慵散倚

宽阔水面鱼竿长

浮漂牵动闲趣

鸳鸯戏水

涟漪引伴

天然自如意

日子慢过

但愿快乐为安

御冬收敛待春起

闲 逸

广场情来歌曼舞
转换四季
弦韵籁音久
花前月夜香气幽
炼肌提神擎昂首

树木静过摆枝柳
歌漫无愁
释放之情悠
彩衣藕节款款步
不知迷茫随人后

人生水域学摆渡
滚滚红尘
内外需兼修
哲理慧缘助
析疑高伫望远处
切莫短尺度春秋

巩顺奇 摄

情 友

悲秋多情知音聚

餐酒茶庭

时光日月

枝枝叶叶花香有余情

忆往艰辛风雨过

点滴油生

变迁若梦

自存欣然风流雅趣行

日出江海浪花火

水碧澄清

径往路长

不可高枕自慰缺时风

情 牵

懵懂年岁婚恋秀
钟爱心在梦中求
雀鹊衍巢积寒草
辛劳痛楚总难休
杯盅斟酒无奈喝
华庭馨香不停留
世间追忆谁轻松
苦笑岁月牵方遒

冬 雨

冬雨洒洒雪不落
高低热冷难融合
木本飘零脱叶去
阁楼快意舒缓和

寒夜更深情在外
幽人寂寞思春郭
病毒衍生多变异
自始何时得解脱

梦寐之谜难睡实
景色姣好厌倦多
雨打叶积润寒草
企愿他年春气歌

商 海

逐利图强商海舟
世态翻卷多情路
花香蜜汁蜂蝶采
动静演绎搏浪游

名利牵挂谁肯休
主观客观日月助
联汇融合生产力
机缘相投各策图

今古竞争不随后
天赋异禀稳健修
一季花开秋在望
年过初一腊月久

手把旌旗立浪头
理念经商斗春秋

难免风雨疾劲来
事与愿违破产收

奇花异草赶潮流
色彩缤纷生活秀
文明经营意不退
行进之中祛丑陋

循章规建奔前途
逻辑思维市场足
天时地利人和美
希冀捧出美艳束

法 桐

春萌碧芽迎曦光
夏暑叶茂遮阴凉
秋颜橙黄若芙蓉
冬散落英赏片漾
景色顺境换舒柔
滋润路径臻且长
温馨流萤爱延宕
自然惠泽留芳香

冬 山

虬枝脱色零
萧索驰疾风
松竹枝叶绿
水湍石瘦鸣

阴坡积雪厚
阳坡石镜明
乌鸦唳声飞
呱呱何处情

玉兰初萌窦
山崖境持重
蓝天无闲云
期待春意生

户 外

户外闲游晒暖阳
浑然不觉迷方向
回望四周冷静观
苍颜目见景凄凉
季转风吹物态变
寻问草花冬蕴藏
天然自韵倍珍惜
人间存真勤励扬

仲 寒

大雪纷至寒流驰
疾风千里造访时
雪花飞扬舞翩跹
飘落大地润萌滋
人间物态皆异形
境况担怕预防迟
不可苟且唤梦觉
诗和远方弄春姿

冬域情

野外极目雪飘空
物华恬静乐融融
浅草拂地温弥散
隔窗犹思故人情

旧叶散落枝回润
盼得他年春发生
心界境态意频频
何处音色不相同

一部史书铺开看
满纸荒唐《红楼梦》
假作真时真亦假
贾府花漫尽时空

沐骊山

冬莅骊山
暖阳浴苑
内外宜人欣颜
荡漾春风里
尽为清爽还
城里繁盛闹幽去
水浪激肤
释放忧烦
忘记黄昏窗外寒
老少戏水欢

悦椿庭赏
醒耳目
靓丽翩跹
花卉多异彩
鹊鸣溪潺
古木阁楼回廊

岁月情

往悠然

技艺薪传

念福祉奋励

年年月月客栈

致朋友

岁月如初水长流
情意伴随真醇厚
风雨兼程彩虹链
浪漫风韵不虚留
勤奋耕耘时光漫
飒爽英姿气质修
心若湖镜映清澈
生趣性灵天然足

河 湾

暖阳河湾雾气腾
流水滔滔浪音鸣
岸边叶落枝瘦立
旷域蓝天真意情
思梦蓬莱阁楼外
心态泰然倚也正
虽是水东终不回
自然浪琴悠长声

金小明 摄

冬 疾

域野萧瑟疾

冬霾色迷离

期待一场雪滋润

凛冽西风

夜深缘何起

星转气候变

寒季君添衣

广袤叶草知时醒

梦幻自拍寄往春天里

柳枝萌坡细

桃苞凝香

万物待生机

圆 识

萧条冬季

疫情多发域

封门检疾

街衢稀疏市景寒

烦恼又添关闭

坐卧不宁

手机资讯

天涯拘心迷

继往宏图

昼夜温差生聚

风驰尽力保暖

环眸洲际

岂能再慵倚

冷潮过后舒暖觉

美域绽放重起

风流待时

新枝旺极

晴空朗春意

朝暮霞光

还如他日初旭

真 缘

暖阳融合喜颜欢
域外好景不常看
霞光出海似火红
春日荡漾江水蓝

原坡草色各异蕴
时光流转多趣添
道衢宽阔恋古径
曲线显美心生安

平和安稳度流年
装台唱戏接真缘
古今中外知醒世
创意自新似春前

无酒醉意花莫笑
月影花溪宜结伴
星球转换自然律
风雨兼程好浪漫

疫情悟

一夜疾风入户村
疫情暴发狂敲门
木匣紧闭各居家
天使检验测阳阴

乾坤挪移人为因
岁月精气不落沉
自旷神启多悟醒
谁负天语遂负身

春宵夜雨社情安
日高影短调新韵
波中自有柔曲曼
激荡浪花迎雪春

悠 情

心静地偏河水远
涛声不绝时光漫
蓝天映照朝曦明
楼阁品茗悟真篇
春花秋月四季果
夏日清风冬雪眠
闲情逸致结真趣
歌声妙曼润心田

睿 情

江海行舟竞自由
浪涛激荡风云渡
茫茫雾气腾空舞
持久恒力挥方遒
世事难料乱棋局
心态平和目力透
睿智情商相融合
道行天下丰庆足

小 船

小船悠悠荡波流
风云变幻添憔愁
浪花知意漾重远
渔夫收网知回头

梦境文达彻悟透
穷思善念清风游
半缘心性半现实
万顷碧波迷魂舟

封 城

疫情传播急封城
街巷闹市静态中
筛查核检默行挪
天使安保尽职能

寻找病源划片隔
预防拦截刻不容
众志成城志凛然
万民一心图航通

居安思危预则立
浮躁怨怼自难行
心态平和报荫福
艰难尽处享人生

雪 花

疾风驱驰寒生葩
盼来一场臻品达
冬压干燥心花舞
春芽不可错温差
伏地需得雪泽润
叶根枝萌倍受压
庸常只知花香好
寒袭酷盖似年华

居 家

防疫居家窗外观
人少车稀雪花卷
寒风料峭聚冬象
醉梦盼春蕊花艳
天公笑意非痴狂
人间清亮多情显
赋诗歌词咏现实
风流不遮岁月难

雪霰

鸟鸣弹枝积雪散
寒风曼舞更飘然
清聚冬象色气冷
云漫天空不动闲
皑皑白雪滋叶苗
梅花成痴点红颜
年年如此呈新景
美人笑靥浪花间

舞 厅

五彩斑斓旋空舞
左姿扭
右步收
歌声嘹亮赛百鸥
曲调轻唤
柔语蜜言
绅士翩袂袖

炙热情侣依偎幽
慧心献媚目清秀
沉香弥散轻云足
偶然露怯
竟无怨处
笑逐颜羞

融洽浪漫环音奏
交谊联友多向走
休闲境地
怡情愉悦收

防 疫

冬寒风疾春未到
天使起得早
防疫窝居巢
夜守冷月高

八水长安绕
逶迤平安道
激越情语聊
细菌柔弱力损大
知危害
莫骄傲

半缘心性半现实

巩顺奇 摄

年至年

寰球风云疫疾翻

世态变幻多意端

纷杂关系演绎行

多重因素深邃变

寻芳流霞乐春意

惧怕冬寒未醒眠

宏图非是经年绘

人间正道沧海田

年 话

如梦似幻年到头
微风吹尽冬疫收
高山阔远淼江海
天涯海角人间游
匆忙双脚止封城
憔悴不悔岁月稠
凡尘俗世福患难
境界远寄蓬莱洲

贺 年

火树银花不夜天
东风荡漾步新年
自由曲健乐长至
歌声曼舞朗月圆
寰球时差同庆元
贺词翩翩祈衷愿
情与远虑知安危
奋进创新再开篇

巩顺奇 摄

伊 始

枝萌润
俏芽伸
伊始漫绽春前音
娇莺飞鸣梦境歌
山河清流新韵

理想空间红雪晨
津水桃花映照心
孕育其中多惬意
东风自暖归人

同 域

同处一片天地
气息相投
水源相遇
独自闲行存差异

三观内涵多醒事
相互在意
真情真谛
醒时梦里多寻觅

天时地利人融合
势形物体
缓流湍急
昼夜兼程不失迷

春装难得久繁华
朝暮彩练
境界格局
四季充沛旺心寄

心 境

心意入隆冬
孤枝抖疾风
梦中花溅泪
闻鸟心簌惊

转换生情态
菊花傲霜浓
梅芳脱俗妍
竹高亮节青

春归有来时
夏秋天换程
松山闲云绕
旖旎风光盈

橡 笔

忆往哲思多圣贤
时代荣衰启迪帆
情境真实执着心
思维敏捷史书传

变迁浪漫初心见
致行路径存疑端
本意虔诚志愿高
世俗不脱难攀援

步尽迢遥思前安
江水波涛汇溪源
胸襟广阔气势磅
莫愁岁月雄笔橡

一曲中合

一曲中合碧空曲
万众力扫狂魔疫
以人为本结同心
寒冬热战暖风起
满目百事鼓声响
情知此后功为奇
而今正是爱未了
日月亦情笑靥溢

望 情

伟奇楼阁矗立

拂动彩衣

秋去春来雁翅空

忆往昔

低矮屈

千年几经翻腾

无奈无踪

好似盘龙费尽力

知今事

奔驰起

苍茫时献碧绿

山河留记

多情远方归诗意

启长思

霞光旭

疫 思

长夜梦圆思痛回
寰球暴点厄连危
以人为本天方事
敬畏生命应同慧

疾风谁能独善身
日月换位时相摧
区域围阻传染源
即时隔离检测随

一年二载难中过
抗疫不忘人性归
努力不负收穗果
寒冬过后迎春晖

行 中

寒风清冷
封闭宅家中
如梦似幻时换空
读书写字悟平生

极尽人间艰难
放眼鸿雁复行
春暑秋祛疾冬
岁月如梭匆匆

时 空

冬来鸟鸣欲闹春
三九暖风不冻人
季节变化好反常
庭院草叶润露津
衣服加减频频换
温度起伏鸟回音
时有云雾漫仙境
暖阳约会清气真

山水调

鸿蒙造世蕴万物
生灵依恋养百慧
时光漫漫演青史
旖旎风光竞态辉

千山万水阔广瑰
情景交融臻禾贵
自然多情显灵气
高山瀑布魂魄飞

普惠众生天然美
物情常循德恒晖
相互融合意彰显
天涯明月好人得

窘 境

冷风寒气疫袭人
年前风冷气萧森
昼夜时钟滴答响
似梦似醒居家分

隔离自愿同检测
闲暇翻读悟道心
无线网络叙友情
风雨同舟同苦辛

期待明天早解封
鸟鸣闲空啭清音
不愁云过无晴日
花中蕴含绽放心

遥 念

高楼林立不遮眼
南山雾散现厚颜
蓝天闲云淡霞光
银机飞过拉长烟
旷达畅想漫语寄
冷风握手驱疫乱
年味浓趣时将到
遥念独灯恩情远

均 衡

风雨霜寒看人生
百分步态急匆匆
雪萌春花常带笑
芳菲散尽又及冬

久窝温室不经寒
遇袭料峭难守静
思存莫待疾困拘
常备无患春前醒

驱 疫

封闭足月依然行
发髻白根现原形
老来风情遮不往
几分阳刚添柔情
早晚灵空云浪漫
夜守梦境窗外风
回思姿态谁秀美
花卉本色云卷星

萌 动

遥夜慢步居家中
窗外星空
感触春至黎明
梦境雨声风约好
往来惬意草木萌

谁在依依春前渡
其中甘苦
花事赖无穷
真存芳心事悠趣
何为秋风画扇情

悲喜等闲换故心
魂魄清爽
初颜多美生
似载云光带轻霞
明日客程不妄动

金小明 摄

韵 格

雪花飘舞极眼阔
白雾气腾满城默
难控疫情隆冬时
飞天浪花见风瑟

情境洁玉旷野引
自然玄妙怎言说
街角依然显茂盛
暖升寒融起婆娑

不错时

雪花飘来日时趋
梅艳点缀正寒季
要知欢畅意如何
自然不错瞬时息

冰封千里云雾起
暖阳归来好生惜
缱绻缠绵现姿态
沧海桑田蕴玄机

风情渐变春不伤
芳魂感怀可有意
投向四季多相识
留有余香不留疾

空谷足音

既往思危跨年早
星移斗转事难料
风雨交替探索行
谨防变幻乱加销

权衡利弊寻正道
欲望过多恐损消
强人隐晦贫瘠陷
鲸鱼困拘浅滩潮

投资当图早获取
洞隙窥探商情报
诉求多异来去脉
把握未来自逍遥

农历虎年

虎虎生威新开泰
山河大地清气来
萌芽待发暮色退
高举壶浆皆感怀
风云往事析疑验
春花绽放潮不改
华日祥云飘逸奇
万物果然精妙哉

春 立

伊始春立新气发
喜迎清油满天洒
万物复苏归时来
首见阳坡闻柳芽
季旺如意心旌绽
拘谨风月添彩花
希冀岁起意蕴好
广域融合多锦葩

冰雪舞
——冬奥会

刀光剑影冰上鼓
龙凤矫健开新步
空灵浪漫燕子旋
冬奥聚赛春花树
精气神动谁畏寒
雪霄飘溅浪花注
时令美奇长白练
唤起人间风华舞

春 枝

春原萌动雪润滋
惜读时光持玉芝
冷暖转换必然态
初始开至岂堪迟
四季换程自不老
气象随缘皆采时
丘园梦境久寂寞
茫茫虹霓枝早知

山 雪

山脊白雪黑精魂
玉树枝俏孕春心
时立凛冽寒风凛
吹尽转迎碧绿芸
天然蛰伏存真意
寂灭重生味趣欣
季节换程年有时
灵性知判怎和韵

天桥湖

千山万壑争流遽
源水注湖滋涵地
虹桥赏景彩带舞
秦岭逶迤磅礴起

寒冬雪白光反照
春闹葳蕤生香气
浪漫曲情拨漪涟
绝似生态造化极

文人墨客丹青画
流连山水不虚意
自然合缘悠然在
余音袅袅心旷怡

河 风

祛荒地萌生机长
柳枝婆娑吐芽桩
远山雪溪汇东流
初春河风趋暖阳
岸边风筝蝶飞舞
乾坤气合竞翱翔
意向真趣在何处
寒尽春启花木香

往 行

坡坎路绕山界风
初春枝头未启蒙
禅寺叩拜虔诚愿
期待生态幽幽情
雪融崖滴甘泉水
壑中溪汇湍石声
色穷多异悉心望
自然冷暖伴行程

兰花

兰花叶青青葱长
伸姿绽态分外香
室移空间阴阳过
静心雅趣气清爽
旧事重提间歇过
相见盈盈生暖阳
翠艳纷纷常厮守
芳菲妩媚寄时光

春 步

春启未见枝头萌
寒风夹雪未尽收
物态转换景趋慢
岁月蹉跎悄添愁
往行步励阴阳伴
朝暮时光迷茫收
心气自乘知醒早
旺盛总随后来足

敬老院

人生百步年岁唤
时光风霜自然变
春风化雨花秋果
食材果腹热驱寒
霞日探早当知晓
借鉴醒悟签真言
平衡心态哲意理
华歆快乐度晚年

春 唤

七沟八峁梅艳芳
花香飘荡醉梦乡
踏青春萌自然醒
人气合欢生万象
冷暖调理变化奇
雾霭不再遮眼眶
谁能览尽千般景
至情自明真气爽

"丰镐行"
——文友联谊会

岁移常态人自老
槿花有情朝晚宵
奋笔心志旷其远
不期还童多姿俏
芙蓉艳色几日醉
期待菡萏秋华到
年轻系情满朝霞
日暮无烦采春好

花 韵

梨花嫩白桃花红
玉兰芳馨晒春情
蜂鸟舞动温柔栖
萧瑟退去美域屏
朝露滋润日渐高
微风送暖天气清
神韵舒展旷心趣
寄望硕果多丰盈

春 怨

春来暴发多点疫
人违意愿家中居
窗外啼鸟且相闹
花艳叶绽情难聚

行走河边寻乐趣
闲云飘朵影挪移
翠屏铺地柳絮摆
微风吹动往心趋

远闻备耕接春管
期待洒雨升地气
希冀农田不撂荒
玉颜酡色大美溢

苜 蓿

春雷顶土生
嫩芽献绿坪
雨来旺其发
昼夜不停生

踏青掐叶芽
玉盘香团羹
宠物田野闹
六畜争食精

草本漫旷野
雄蕊花药型
胃热不欲食
少食可医病

清心源

防疫祛霾走河边
灵性碧苑清心源
日出桃花芳草绿
春色万象绽方圆
翌年迈步怎超越
期盼花开更鲜艳
知音漫客和自立
新词新语再超前

风 沙

塞外风沙飞千里
遮天蔽日无所敌
冻消地远无草覆
春二三月云驰疾
花田树木鸟飞斜
粉黛佳人蒙面低
魂魄离散香馨回
高山威势没脾气

金小明 摄

梅 园

梅艳送春息
风来忍别离
抖音短视频
真情远方寄
郎君爱意满
花含红泪掬
蜂舞蝶献媚
鸟啼斜飞翼

土门峪

艳灼桃花田坳开
迷人香味溢自来
枯枝墨退碧色伴
远近景宜多感怀
抖音起舞姿牵心
何须柳丝浪花摔
二龙塔身记往事
俯视长安时辰开

笔墨情

灵笔磨心境
真情旷达胸
春墨接阳气
花香碧叶青
朝夕不落伍
经年光彩屏
林语溪水流
自省在其中

田野漫

杏花已被风雨溅
樱花绽放香逸园
菜花黄漫麦返青
光华转换年年见
坳阴景色生爽气
境界触动寄情缘
展望未来暗接力
春去秋来风景苑

迷 茫

雨洒春装花色妍
路途爽气不觉寒
鉴赏草木形色异
合欢迷茫蕊生怨
自然变幻朝夕伴
时光奏曲怎浑圆
牧童放歌初心在
切知旷达在哪边

锲而不舍金石钢

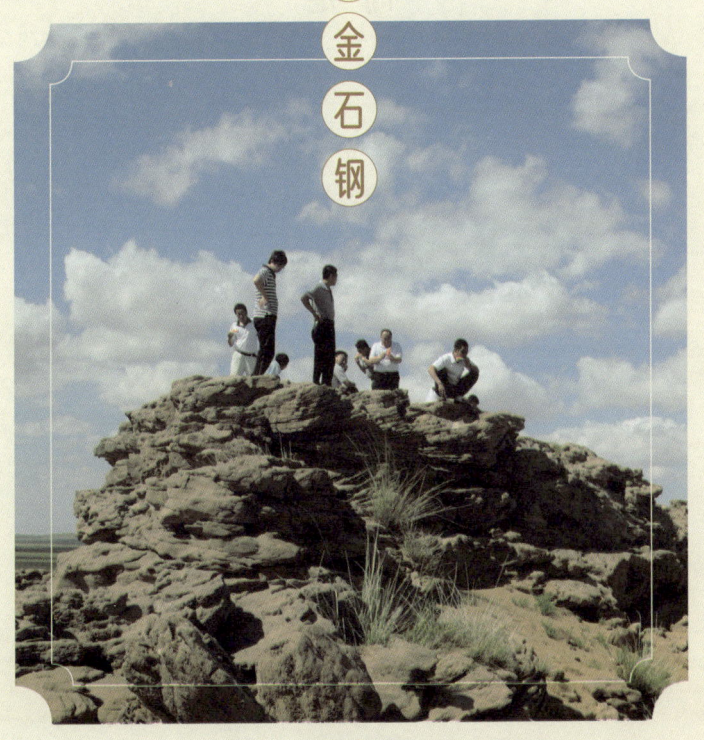

巩顺奇 摄

时 足

生活光彩筹
风雨心自柔
朝暮依然态
道行多养修
春花不虚开
呈现果实秋
理性结丰盈
进退醒时足

知时节

晨兴知醒寻春早
谨防时逝花枝老
好景不长在
春尽夏暑到

短忆芳菲乐
不悔匆匆过
漫游醉梦间
岁月真情操

心 河

花开花落溪畔行
四季转换怡芳清
记忆印证苦与乐
往昔峥嵘脚步轻

文载智性心里话
良知道德不虚名
真事假说假亦真
假作真时妄图空

故事千年踪难追
吸取能量再远程
事物因果皆联姻
大河东流浪涛鸣

花时令

百花园林娇艳美
香溢散放爽欣汇
栈桥两端境存异
祛愁逍遥自况味
春意在，纷沓来
年年如意自然回
微风吹，温馨聚
相见缘分老不退

杜鹃花

坡径道斜云霞起
春魂知觉向往时
山巅沟壑绽放香
花木草绿陶心致
难得红白色嫩迷
亲情奉献总堪迟
踯躅不前更留恋
意念活血补虚池

花 草

春来了
花气杳
渲碧野峀
雨晴朗心照
风吹情欢老幼少
快意绣袍
颜值抖音报

节假日
车驰跑
草木迎笑
掌声摆渡梢
梨桃绽放新奇绕
樱花继往
芙蓉炽几时到

岁月情

清明吟

时年清明雨不至
踏青阳春祭扫坟
阡路松柏肃然立
献花叩拜缅亲人
阴阳相隔思念多
人生长河朝暮晨
后辈行进旺气来
继往传承兴华新

故 友

节假闲适会故友
友情重聚好时候
春和景明时光好
往昔一抹云烟浮
知晓风流足登高
而今歌调难随步
推杯换盏痴梦狂
言诠不解遂落伍

金小明 摄

诗 怀

真情美篇千古传
灼今咏史布浩繁
自然流韵多极象
人生冷暖一心牵

含蓄演绎风华事
文思哲理喻指南
漫漫长河桑田润
启蒙思维往前沿

高格现实追新意
境界超然预始端
事态转变再进行
天涯海角浪琴帆

歌赋进取注激越
不揣妄意留虚言

本真自有旷缘处
墨迹恣肆绘江天

忆怀诗久初心在
时代天使多情展
丰富博大启深厚
烽台站高更望远

白鹃梅

山巅白鹃浪花白
阳照碧映色亮瑞
蝉声鸟鸣唤天籁
往情在意遂焕晖
春山叠峦爱重远
一眼难觅花香葳
同窗朝行不落步
赏阅淘情青葱归

院 内

晨曲陪伴练身体
意趣自选踩高低
太极柔步芳华云
时光互动生精气

悠闲情逸论时事
棋局博弈引话题
交战双方谁对错
各自辨识公占理

文化悟道喻哲思
真相时常被扭曲
省察多变是常态
相互撕扯无真迹

朝阳暮色鱼肚白
夜色还原日再起
山风微动显灵魂
泉水清澈福祉期

水 韵

清溪之音自带魂
吹皱静面留知音
真石磬声弹曲调
流连不断生命根
上善若水人敬仰
地幔脉络腾龙云
孕育风情四季旺
艳花秋实尽乾坤

春之絮

春妆艳丽
芳草年年长渲碧
岁月清明不伴荫
萋萋
余立旷野心乐及

风云伴微雨
流霞彩虹更着迷
短袖白莲柔情在
悠趣
光华不断采新意

知 前

疾驰车速人行慢
坦途弯道切知见
幸福欢心多淡定
思维导图引前瞻
天地空间相通达
信息广博卓越献
风和日丽伴清洁
自由迈步时光缘

眼 阔

春景一抹花香落
碧叶静态孕幼果
授粉缘随一季情
渐缓润泽竞收获
风雨伴随昼夜影
阴阳聚会更和合
春水洋溢入江海
待看年华放眼阔

核 检

深夜呼叫测核酸
预防病疾势转严
人性化变五更起
力保上学工作安
白衣天使辛苦动
夜伴寒风行暖言
科学研判消祛法
诗力记载抗疫年

悠 闲

两岸青碧春意密
葱茏点缀壮心已
流涌清澈日光闪
往来行步接地气
鱼竿甩线浮韵动
气态悠闲若太极
团建欢聚歌音漫
各自乐趣随风掬

时光行

细雨润叶绿变青
一季春景如风迎
曾闻弦歌知雅趣
光阴潜意觉梦醒

取悦花儿灿灿飞
果实结籽累累兴
赏尝兼顾致其远
时光潜行不虚程

人行春早心惬意
冷暖交替变幻中
飞鸿往复南来北
跌宕颠沛拼生命

静思不闻日渐落
微风朝起抚碧顷
地域万端芳香染
登高回眸朗气升

春 深

春深凉气染清晨
环流欧亚载风云
青山浮动云低昂
草木枝青顺时针
梦回勿迷天远近
冀思波平浪时匀

诗 启

真意佳音字组成
读书积劳不虚空
昼思夜想情化育
梦昧陪伴践行中
艺术指向雅俗赏
古今哲理神律动
自然悠趣随缘起
日月星辰出大境

情 寄

岸上青柳拂时风
坳坡草坪忒幽静
鸟鸣斜飞水音漫
槐荫撑起温馨蓬

品茗桌上欢欣语
水荡日影笑朝东
四月山近厚重纹
情寄千峰不虚空

早春花絮牡丹来
月季再迎新芙蓉
暮年畅怀华彩季
且为往事唱乐经

工匠精神

社会凝聚正能量
进步发展优智商
思维导图信息广
文理兼备才敏强
立足进取阔步远
科学理念持验方
工匠精神砺力实
锲而不舍金石钢

金小明 摄

悟

梦里有幸建高楼
醒时自叹错时步
鬓发无情催日月
花镜带上读圣书
欲写诗篇觅警句
普世哲理幡真悟
误判常过无新景
一念真知不飘忽

谷雨醒

清鸟唤醒梦中身
曦光入窗精气润
日复一日循环往
青颜绽现春意真
谷雨秧苗初插时
谷类果灵孕育新
岭南水闲岭北旱
季节养心赖辛勤

扬花絮

田野青碧迷心茫
麦苗扬花飞来香
鸟鸣婉转空中旋
地气散放幽无疆
留足冀望丰年景
微风吹拂千万象
天意无思人意在
缘域聚合不惆怅

卫 星

万里高空飞天眼
地球动静霎时见
军地同享显原形
导航精准陆航远
历史记忆犹新在
预防霸凌赴前沿
天涯寻觅闻知音
苍穹之上日月伴

闻 见

清雨一滴润新景
尘埃去除万象明
鸟鸣啁啾花绽笑
草木葱茏随其生
知朋逍遥难重聚
时运伴随思虑空
漫漫长路神打磨
二朗担山听流莺

浴

春暖燥热易湿寒
赐汤浴室祛病源
活血解瘀肌肤润
心宽多升浪漫帆
老少皆宜舒缓冲
好似玉环芳心绽
古今可有相似处
一团好水互比肩

巩顺奇 摄

附录：

从陈苍正诗集想到的……

王渊平

以独特的慧眼来观察审视这个时空、这个世界周围的物事，让山水田园、自然风光、人文思想，在内心酝酿幻化，呈现出的诗旅创造。

像一棵小草，悄悄向上伸长，生活是她丰厚的滋养；像一只小鸟，栖息翘起的枝头，风光云彩是她心灵的激动，发出自己清脆的歌吟，汇入巍峨的山谷。

生动鲜活的生命情态，对诗的爱发自肺腑，在细微处捕捉诗中美的元素，观察体味异常灵敏，表现手法娴熟内敛，把感情融入形象意象的自然表述之中，让人在审美的愉悦中获得启迪和想象。

冰清玉洁的心，辉映着世界和人间的缤纷之美，透视着生活本质和内涵，感受着人情的冷暖乃至薪火的传递。以心暖心，以情达情，这是诗最本质的体现，也是诗征服读者的最佳品质。

日积月累，积微成著。槐花成尘，香极无痕。风絮永昼，莫名忧驻。一个人在尘世上的作用是有限的，可是那颗爱美之心及创造情怀却是无限的。对于今天这个物化的世界，能有关切关怀之心已是可贵的。诗是生活的盐，晶莹剔透、内涵饱满，不事张扬却须臾不可或缺。她有着生命本质的意义，却处于寂寞的独处空间，有着血脉行进的激流，却常常不被世俗世界所理解领会，这是人生的悖论，亦是人类的荒诞。因此对于每一个诗人都是一生的历练和考验。

人们用粮食喂养肉体，用诗来喂养灵魂。而灵魂之于肉体，犹如呼吸之于生命。

生命中许多丢失的东西，让文学把童年找回来。那冷酷而又伟大的想象是你在改造着我们生活的荒凉。

宋代大书法家米芾自叙诗中有这么两句："会把秋英缘底事，老来情味向诗偏。"以此来感受陈苍正的诗，他的浸透泥土气息的写实，穿越林曦雾雨的丰润，挥汗把握镰刀锄头的劲气，就能找到他慧心的脉络。他是从底层一季一禾一念一草跟随城市化的进程跋涉到一砖一瓦宽道高楼的辛勤建造，其间，从脚手架到塔吊、灰浆机转型升级中，踏踏实实地体验人生的艰难，在乡村孩提的成长读书生活中，使他真切地感受到生命的艰辛和稼穑的不易。他见证了数十年乡村社会变迁中底层的众生融入城市世俗社会的激浪,这也奠定了他的诗句中没有多少高大上的成分,反而更接地气更能感触到生活本身所具有的风物特征,更渗入了乡间里弄的嫁娶亲情、田畴野地的稼禾桑麻,在种植与收获之间,渗入多少农夫的汗水和普通民工靠体力养儿育女的不易,人情世故的冷热和淡泊。而这些平时不显眼的温情,随着他放下手中的劳作经营,忽然以才华乍现的方式迸发了出来,而且不可遏止,这是一种诗的境界和艺术潜质,在身边一位诗人的成果集结,令人欣喜,使人感叹!

作者简介:王渊平,著名作家,长安作家协会名誉主席,长安·唐诗之旅组委会主任。

不随黄叶舞秋风

张军峰

这个人曾经是一位相当出色的企业家。

但是他不像一位企业家。

他身上缺少企业家的霸气。

少了霸气,自然多了一分儒气。

他身上有儒商的气质。

在细柳塬、高阳塬、凤栖塬交会的地方,有一座纪念仓颉造字的土台,也就是古三会寺的地方,许多文人骚客都来过此地,留下了许多凭吊文字。加上附近埋葬着那位让人遐想无限的最早西游的天子——周穆王,更让这个地方成为舞文弄墨人的心仪之地。

我说的这个人就出生在这个地方旁边的长里村。

受此地氤氲氛围的熏染,这位企业家身上有儒气自然就不奇怪了。

儒乃柔也，柔能克刚，所以我才明白了这个人能成事的原因。

傍晚，造字台被夕阳余晖笼染，他经常在这里散步，沉思。

脑海中时不时迸发出几句奇思妙想，回来就记在本子上，细细揣摩，不断提炼，形成一首律诗，就这样几十年间，竟然吟诵成千余首佳作。

如今退居二线了，但心中这份除做企业的豪情之外一直泯灭不了的诗词情结，或者说是文学情结，挥之不去，萦绕于心。

于是删繁就简，选了部分出了二本诗集，一本是《仓台新韵》，一本是《陈苍正诗文集》。

这两本诗集是他工作生活之余的切身感受和感悟，是对人生和社会现象的剖析，诗风质朴、意象丰沛，饱含家国情怀。

从他的诗文中可以看出他经历了种种的艰辛，酸甜苦辣都有，春暖、夏烈、秋静、冬蕴，都在他的作品中展露无遗。

这个人到底是谁呢？

他就是陈苍正。

陈苍正高中毕业就回家务农，学过木匠，一个偶然的机会涉足建筑行业，几多心酸几多泪，无数次跌倒又无数次爬起，渐渐打开了局面，成为一位很有实力的老板。

陈苍正上学时就喜好读书，手不释卷。尤对古诗词情有独钟，但是他没有因爱此而废彼，他驰骋商场，不忘建筑主业，但也从没有丢下过诗文副业。

宁可枝头抱香老，不随黄叶舞秋风。

如今到了含饴弄孙之际，却不忘初心，文学反倒成了主业。

人一辈子有两个生命，一个是身体，一个是灵魂，也叫精神生命。这个也许更重要，有了精神生命，人会乐此不疲，不会虚空。

文学就是陈苍正的精神生命，诗词就是他的续命良药。

他沉浸在诗词的世界里不能自拔，到了忘我的境界。不敢说"一句数年得"，也算得上"一句数天成"，这从他诗文里凝练隽永的语句都可以看出来。不管是故土情怀，还是山水自然抑或是人事沧桑，字里行间透着敏锐练达，也透着他的温情和悲悯。

看他的古体诗，虽然有些尚不合律，但是文辞典雅、情景交融、意蕴飘逸、温婉凄清，词和韵美，内容丰富。

听说最近他又在整理另一本诗集，我不奇怪，他多年的写作积淀让他厚积薄发，才情喷涌，出新的集子也是情理之中。

其实我们不用期待他什么，他只要快乐，想多写就多写，想少写就少写。

人生就是一个体验的过程，生命不息，折腾不止。

我和陈苍正也算是熟人了，但是觉得他是一个讷言敏行的人，他外表儒雅，骨子里却是一个说干就干的人。

他也是一个不甘平庸的人。

他的话不多，他用他的诗词集在诠释着自己，拓展着生命的宽度。

就像一壶老酒，愈老弥香。

今天仅仅是刚打开酒壶，就让我们慢慢品吧！

作者简介：张军峰，著名作家，长安作家协会主席，西安市作家协会秘书长。